遠い庭

大木潤子

思潮社

遠い庭

暗い径《みち》で、鳥たちが
私の知らない歌を
鳴き交わしている

これは誰のための歌
夜明けの夜に響く
これは誰のための歌？

鋭く、届いてくるもの
鳴いているもの
鳥の声、波のしぶき

怖いもの、
舟の中で、
ニッキの、
飴の、
歌が
聞こえる

声が
糸のように
ひもとかれて
あらわれる
未知の
模様

鶏の
声のしなくなった
遠い庭

山を
少しずつ崩して
あらわれる
顔が
光っている
砂の
心

河のある
風景に
音がなかった
犬が
吠えていて
その声が
吸われている

道を
歩いていて　そこが
どこなのか忘れた
忘れた場所が
そこにあった

雫が
滴っていて　それが
いつからなのか
わからない

鶏が
歩いている　その
首の振り方が
夢の中に
出てくる

わからない歌が
記憶のなかで
断片になって
積もってゆく

賽の
河原の
石が　少し
動くのが
見える

火打ち石、

天に

目のある

支えて

人差し指を唇に立てて、
しいっ、と小声で言う、
すると世界が黙って、
見ている、

向日葵の
エプロンの裳裾を
小鳥が嘴で
引いている
空が少し
止まっている

白い、砂の顔が
いくつもあらわれて
歌を歌う
知らない歌だ

砂の、流れる音が
雨のようだ
鳥が運ぶ
砂の影

止まない歌の
休みの時に
首を傾げて
笑っている

一番後ろの
影が小さかった
触ろうとすると
少しやわらかい

解体される
生きていた骨
肉の中で
少しずつ腐ってゆく
魂が
おろおろと
周囲を巡っている

ぽう、ぽう、と、
流れていった
呆然と
手を振って　それから
お弁当を開いた
箸がなくて
さめざめと泣いた

幸いの住む処に
一人で出かけていった
火を灯して
手を息で
温めていた

紅茶を淹れてから
電話が鳴った
空気の切れ目
上から降りてくる
気配があった

斎藤さんから
電話があって
斎藤さんではない
と言う
わたしは斎藤さんだと思う

「妙なこともあるものだ」と
鳥が言って笑った
金属が
音を立てて
形を変えていた
その日を
知らない

真っ直ぐだから
間違えるはずがない
いくつも、いくつもある
中から
選ぶ

今日のように、明日が
笑っている
空洞の中で
そこだけが
明るい
歌も
聞こえてくる

遠くから
音が来る
夜明けの
薔薇

暗い
夜の歌が
波のように
寄せる朝

夜の目を
逆さに撫でる
深い
息がある

酷薄な
光は
気が
遠くなって
後ろ向きに
歩いている

深い、沼の底から
目が、あらわれて
光を
発している

乾いた
蟻の
死骸の
なかから
夢が
溢れてくる

沢の音がして
しかし水はないのだった
光が
水のように流れていた

光のゆくところ
先端が、揺れている
何かが
引っかかっている

さやけき、
予兆、
さわさわと、
鳥の
羽のように

罪のような、
鍵の中にやどかりが
眠っている、時折
歌を歌う

知らされない、
闇はいつでも
目に見えない、
たたまれている

着物を、見ていて　それが
人の体に
まつわりつく
少しずつ
燃えてゆく
灰を
風が
吹く

かつて、何かだったものの
形が残っていない
粒子状の
何かの、記憶
風に
流れてゆく

穴の奥から
紐にぶら下がって
花を咲かせる人
の後ろに
子供が群がっている

鉄筆が
鳴っている
空から
降ってくる
その夜を
斜めに
渡っていく

霧が束になって、
こちらに向かって歩いてくる、
その顔のひとつひとつが見分けられる、
どの顔も
かつて生きてはいない、

スウプが注がれて、
皿がひとりで鳴る、
遠くで金属の壊れる音がして、
誰かが死んだことがわかる

次から次へと、
輪が
責めてくる、
逃げよう、
という声がして
振り向くと
山が
ある

急に、炸裂して、
詫び状を入れる、声が
いろんな方向から
責め立ててきて、逃げる
道

乱れている山の
影から獣が出てくる
狙う目
そよぐ風、蛭の
降る空から声が
近づいてくる

酒の、鏡のなかに
光を求める
濾過された悲しみの
歌が聞こえるから
夜は戸を閉めて
階段を降りてゆく
花火の上がる
音が届く
知らない人に
手紙を書いて捨てる

轟音のような音がして
雪が降ってきた
空のない場所に
なぜ雪が降るのかがわからない
遠くから
便りがあって
字が
読めない

少しずつ下ってゆく
どこまで続くのかがわからない
登っているのかもしれない
方向がなくて
風も吹いてこない
音楽が
途切れながら
誰かの消息を運んでくる

寒い日の
氷になった陽の光の粒
落ちてくるものを
手のひらで受けとめる
話しかけられて
その言葉が
映像になって消える
歌だったかもしれない

母の筆跡を消してゆく
父の足跡をもみ消す
すると自分の輪郭も消えて
何が残るのかがわからない
砂のようになった自分が
風に乗って
形に見える物になったり
ばらばらの粒になったりする
空虚な場所に
歌が響く
その唇の
場所を尋ねてゆく

「水のある場所が好きです」
と言われて
その意味がわからなかったから
「私も水のある場所が好きです」
と言った
そうして二人で笑った
何かとてもいいことがあるような気がして
手をつないで
空に向かって歩いていった

彼は誰時に
毬のようなものが浮いていた
触ろうとすると
生きているもののように私を避けた
しばらく浮いていて
それから笑った

りすが笑って
予言のようなことを言った
虹がかかっていて
雨が降っていた
最初から終わりまで
そこにいよう
そこにいよう、と
思っていた

紙飛行機が飛んで
空を切ってゆく
切り抜かれた穴の向こうに
土星が浮かんでいる
犬が吠えて
谺が四方から戻ってくる

乾いたサンダルがいくつも
落ちてくる、干からびている
食べようとすると粉になる
塵が降っていて
その向こうに
手を振っている人がいる
その人を
知らない

苦労してきたと
言う人がいて
その顔に
見覚えがない
記憶がなければ
過去会った人もわからない
お会いしましたかと訊くと
わかりませんと答えた
仁丹の味がした

今日も、明日も
レールの上を走っている
レールがどこに行くのか知らない
風景が途切れて
窓の外が空虚だ
「最近星がなくなりました」
「どこにいるのかわかりませんね」
話をしている人たちがいて
その人たちの言葉がわかる

蚊帳を吊って
生け捕りにする
ハンカチがひらひら舞って
その場所を示している
人差し指もあらわれて
その場所に近づいていく
月が出ている

口づけというものがあって
とても遠い響きだ
時間の向こう側に
さざめくものがあって
ひそかな噂話のようにも聞こえる
何を話しているのかがわからない
悪意があるのかもしれない

疲れた人の肩に
笑う子がいる
とても小さな顔で
無数に並んでいる
ひとつひとつ潰していく
山の向こうに
鳥が鳴いて
逃げる合図だと思う

河岸に、草が流れている
根のない草だ
空き缶がいくつも
音を立てて鳴っている
意思があるのかもしれない
瓶が降ってきて
当たらないように頭をかばう
川の流れる音が
自分の中からしている

眠れない夜の
次に朝が来て
訪う人があった
少し話をして
お茶を出した
とても暗いので
電気を点ける
電話が鳴って
立ち退いてくださいと言う
今いる人に相談しようと思うが
飲みさしのお茶が冷めていて
飲んだのは自分かもしれなかった

コカコーラの空き瓶が
積まれていて、その山に
自分がいて
叫んでいる
誰もいないので
届く場所がないが
手が動かせない
霧が移動してきて
もう少しで包まれる

転がる土の粒が
そこで止まった
すると時間が
問いかけてくるので
矢印を少し押さえる
怖い気持ちが
手を放そうとする
自分の手だ

この中に入っていく、と言われて
穴が示される
中から音楽が聞こえる
遠い山の
思考がわかるようになった
もう、長くはありませんと
言われたような気がして
穴の中に入っていく

ツーピー、ツーピー、と
鳥の声がして
それが人の声のように聞こえる
言葉を忘れて
かわいそうに、鳥になった
窓辺に見に行く
空が変な色をしていて
世の中がおかしくなっていく
その中に
自分がいる

声が止めどなく反響して
金属のように聞こえる
「金具ですか」
「金具でした」
急がないといけない
どこに急ぐのかがわからない
警察が来て
どいて下さいと言われる
私の行き場所を
教えてほしい

丸めこまれる、土の中で
息をしている
人の声がして
「ここだったらしいよ」
「やっぱりここか」
自分の声が
遠くからしてきて
その声の上に
乗ろうとする
距離があって
縮めることができない

ナイフがあらわれて直立する、
その指す方向に啓示がある、
繰り出されるリボンとテープ、
慶びの時をうそぶく、
不吉な朝に降りてくる紐、
その紐を渡る猿、
今日も明日も笑う歯、

空洞となる場所が中心である
手のひらを返して受けとめてゆく
星の屑が無数に降ってくる
大気の中を移動する音がして
容赦ない風の中を歩いていく
見えるものと
見えないものがあり
ぶらんこが揺れている

ぎざぎざの、鋸のようなものが
のたうち回る、地面に
尾を引く、帚星の
尾と交わる、その交点から
垂れ下がる光る紐に
摑まる、足が
ぶらぶらする、虚空を
音もなく移動する
小さい光がある

羽のない鳥が歩いている
日が射して
窓辺に光が集まる
空の向こうから
星が降ってくる
目の中に
誰にも見えない秘密がある

海面が盛り上がって
開いてくるものがある
音の気配がする
誰かが呼んでいる
私は足が痛いので
どこにも
行けない

乾いた草の葉が
茎を離れる
土が待っている
雲が渡ってゆく
空の向こうに闇があって
そこに草の葉の
意識が記される

速く、行こうとするのだが
体が動かない
わたしの前を風景が
素早く移動している
それが流れ去って
何もない場所が来る
すると体が動く
何もない場所の中に入っていく
真空の音が鳴っている

短い、合図のような音がして
終わった
それが合図だと知らなかった
止めどなく涙が流れる
あたたかいので
血かもしれない
と思うのだが鏡がない
目に触れてから指を見る
光がないので
何も見えない

荒涼とした浜であった
空と海が同じ色をしていた
境界がないので
自分がどこにいるのかわからない
その浜を歩いていた
貝も石も、波もなかった
空を歩いているのかもしれなかった
魚も、鳥もいないのであった
生きているものが何もなかった
自分も生きていないのかもしれなかった

池にさざ波が立って
鳥が羽で打って鎮めた
コヨーテが水を飲みに来て
梟が鳴いた
遠い場所から
手紙が届いた

星屑を掃いて捨てる
ひとつひとつの星屑に顔がある
顔を見ないようにして掃く
風が吹いて舞い上がって
空でもう一度輝こうとするから
掃く手を止めて
一段一段
階段を降りてゆく

砂の上を歩いていて
足跡が付かなかった
私が歩いた場所の横に
小さな鳥の足跡があった
並んで歩いていたようである
見えない鳥が添ってくれていたのであろうか
何処に行ったのだろう今は
歩いても　歩いても
もう鳥の足跡は付かない

声のようなものが聞こえるが
声ではないかもしれない
羽蟻が沢山飛んで
集まってくる
ニオイアラセイトウの葉が
一斉に落ちる
月が光る
眩しいほどに光る

脚立に昇って
一からやり直します
と宣誓する
粉雪が降ってくる
誰もいないところで宣誓するのは淋しい
聞いてくれる人を探しに行く
雪が止んで
天気というものが消える

工事中の道に遮られる
車が出てくる
運転する人を知っていた
会釈して手を振る
会うという字を覚えた
小学校二年生の授業が出現する
教室の窓の光

狩り小屋に、電気が点いて
ピアノが運び出される、
ひとつひとつ出て行く、
雷の中で、
髪を梳く少女の
目も点いたり消えたりする、
遠い国から訃報が届く、
破られた手紙の
入り口で待つ者がいる、

罅のある輪があって、
輪にならない、途絶えた
場所から出ようとする動きがある、
遠くの輪に応える、
すぐそばに海が来ている、
そこに行きたい、
目を閉じて
手探りで踏み出す

蚕に似た虫が体をくねらせる、
その動きがそのまま文字になる、
人が集まって噂している、
掲示の意味がよくわからない、
光が足りないのかも知れない、
階段を昇って水飲み場に行く、
水を汲んでくれる少女がいて
礼を言うとその場で少女は消える、

遠い、遠い場所から、
不意打ちがあるね。
「あんまり遠いから、
来るのが見えなかった、
わかっていれば、
ご飯もつくったのに」
目を細めて、
耳を澄ます、
地球の裏側で
そよぐ風の音が
わたしたちの死を
準備している、

賽の、河原の
石に似た谺
手のひらのなかであたためると
孵化して音になった
その音の形が
辿れないので
同じ形を石に
彫りつけていく

立ち枯れた、木の
記憶を歩いていく
風化した町の
風の声もきこえる
その振動が叩く
硝子が割れて久しい
破片の
ひとつひとつを手で拾って
貼り合わせる
その罅の道筋から
遠く
母と呼ばれる人の
影も見える

困難が、
少しずつ、車輪のように、
遠のいていく、代理の
者は来ない、道の
真ん中に、木は立っていて
待っている、来ない
時を、憧れて、
もう、約束も
忘れて

藻の絡まり、
諭される柚子の葉、
小さな子供の手が
砂の上に現れては消える、
足跡が
空の方に続いていて
消える場所に
花が咲いている、

誰もいない
浜に風が吹いていて、その
風を聞く人がいない

豹湖、
氷る水、

叫びの様相を呈して
近づいてくる者、
その氷の声が、
時計の針と逆の向きに
ちくたくと、
はしゃいでいる、
小さな獣たちもその声の上を、
昇ったり、降りたりして、
降ってくる雹を、
食べたりして、
かわいそうに、みんな、黒い、
テントの中で、
重なっていて、

抜き取られた花の根の
繊毛が歌を歌う、
若い鹿のような声でそれは、
夜の、小さな星の仲間に、
ひっそりと囁く、
パンを焼く人の、
手の中に入り込んで、
一枚一枚、
硬貨が
弾かれていく、その
ばねの中に、

湿った髪の毛の
中に息があった、
音楽を、レコードが鳴らして、
その溝からも息が、
立ち昇るからその中に、
手を差し伸べる、
助けを与える者のように、助けを
求める者のように、
固い
根を囓りながら、

最後から二番目の瞳が、
いつも足りない、
それで泉に、
水を汲みに行った、
井戸ではないから枯れている日がある、
近づくと土の粒が乾いていて、
蝙蝠がSの字を書いて飛び交う、
その下に
埋められている者が
埋められたまま
輝く

扉の角が落ちたので
交換しに行く、
赤い筒が飛び交って、
暗い道を照らす、
「今日よりも、明日の方が明るい」
と人が言うので坂を下った、
突き当たりの店が閉まっている、
道を渡って、
骰子を拾い、
それを空に向けて投げる、

構築される
ビルの設計図が
崩落して
その瓦礫から
青い夜が生まれる
卵のような闇だ
奇矯な声がいくつも
飛び交う軌跡が光る
「音が光になったらしい」と
口々に
囁く人たちが
耳に手を当てて
音信を
尋ねようとする

口笛が落ちてきて
唇の形になって動いていく
さあれ、さあれ、
と聞こえる
牛乳屋が
近づいてきて
一軒一軒
配って回る
星の音が
後を
つける

洪水が引いて、後に
光が残った
形あるものは全て
気体になってしまった
声
というものがあったことを
誰も知らない
と
魂が囁き合う

「気をつけ」と言われて
直立の姿勢から
走り出す
闇が
森になって
追いかけてくる
空に
天幕が張られて
駱駝が水を飲んでいる
そこまで
行こうとする

ようよう、明ける
夜の闇が
後退して
波の向こうから
光が
死んでいこうとする

遠ざかるもの、
目の光を指先に灯して
最後まで、最後まで、
と叫び続ける
ところてんのように延ばされてゆくもの、
切れ切れに、散らばるもの
を拾い集めて
「どうでしょう、何かになりそうですか」
車輪がいくつも

坂を転がる、
その輪の中心に目がある
笑っている目だ
「やめてください。」
声をいくつも折りたたんで、
誰にも見えないところに置いて
迫る沼の距離を
測りに行く

「心を浸した
　予備の缶詰」
を開けると
電車が
平行して走っていた
そのうちのひとつを
空は知っていて

しきりに思い出そうとする
鳥の声が
降るように聞こえてきて
ガラス玉の中に
閉じこめられる
その声の響きが
何重にも谺する

コンビニの灯りが、いつまでたっても近くならない
歩けば歩くほど、遠ざかって
看板が星のように降り
交差して、また飛んでいく、来たのとは別の方向に
旧態依然とした、塊の中を
掘ってゆく、掘り進んで
どこに行くのか、誰も知らない
薬の袋が、足りなくなって
隣の人のポケットを探る
やまたのおろち、やまたのおろち、
と唱える人がいて
それはどこの記憶なのか、断片が
少しずつ溶けて、別の形になっていく
乾いた粉の、手のひらに貼り付いた分が
余計ですと言って返された日に

自転車を移動させて叱られていた
「もう、怖いものはないでしょう」
月の数が、増えたり減ったりする
働きの異なる、いくつかの金属
「プラスとプラスが、接触してましたよ。」
眠る蝶が目を覚まして
あと何日生きられるのかと、指折り数える
煌煌と、煌煌と
照るものは何だったのでしょうか
硬い、硬い、
空間の中を泳ぐことができない
羽をどこで落としたのか覚えていない
もう少しで、辿り着くでしょう
それがどこか、教えてほしい
重なる音は、響きながら
消える時に、虹のような影を残した

鳥のいない空が、誰にも聞こえない
声で白い歌を歌う

宇宙の奥に届く声、
昨日も一日中家事をしていた、
昼間はユメカサゴを焼いて、
豆腐とわかめの味噌汁は鰹節を削るところから始める、
洗濯機を二回回して、
汚れていた下着から汚れが落ちる、
落ちた汚れが配水管を流れる、

その変化が宇宙に
何も働きかけないとは言えない、
歩く
歩いて進む
右足と左足を交互に出す、
光る空の上から
降ってくる宇宙放射線
が少しずつ変化を起こす、
星と星の
引き合う力が奏でる音楽、
その交響、
はどうやって聞こえているのか、
線と線、
点と角、
のように遠ざかったり近づいたり、
子供のお弾きのように
ぶつかってから別の直線を進んだりする、
ブラウン運動、
光の筋の中で踊る埃が

膨れつづける宇宙の壁に向けて
声を発していないと証明できない、
埃の歌
綿埃のエレジー
雨の中に宇宙の誕生の
秘密が記されている
崎陽軒横浜本店の隅の席で
A5のルーズリーフに連ねられる文字
はポメラDM200に打ち込まれるはずだったが
今日は机の上に忘れてきた
机の上に置かれたままのポメラDM200
その黒いカバーの蓋の
一寸擦り切れた繊維の毛羽立ちが
崎陽軒本店の隅の席の
中空に現れて輝く
その光が
膨れ続ける宇宙の壁に届かないとは
誰も証明することはできない
呼び合う光と光

交錯する筋の描く曲線
に射し貫かれて
馬が疾走する無光の空間に
遠く地球の
放つ青い光が
限りなく白に近づきつつある

あたたかいみずうみの
木からゆらゆらと水紋が寄せて
私を満たしていった

あたたかいみずうみに
波を起こすのは
空の奥の
遠い場所から届く声だ

それは宇宙の
今も膨らみつつある壁の
向こうから届く

――若い鹿が振り向いてこちらを見ている――

その足元にも
あたたかい水が寄せている

何もない空間に
射す光のような歌が
降る雨の中を
通り抜けて
もう二度と戻らない

すると何か、とても静かなものが
降りてくるのであった。
星に似た響きを持ち、
大気の中をゆっくりと、
浮遊するように移動している。
その瞬きが、過去のように閃いて
合図を送ってくるので、
思わずその、光のようなものの方へ
歩いて行ってしまうのだ。
犬の眼がこちらを見ていて、
動かない眼差しから、
永遠というものが、
まるで当たり前のように、
水面で泡だっているのだった。

遠《とお》い庭《にわ》

著者
大《おお》木《き》潤《じゅん》子《こ》

発行者
小田啓之

発行所
株式会社思潮社
〒一六二―〇八四二 東京都新宿区市谷砂土原町三―十五
電話〇三（五八〇五）七五〇一（営業）
〇三（三二六七）八一四一（編集）

印刷・製本所
創栄図書印刷株式会社

発行日
二〇二三年五月六日　第一刷　　二〇二四年二月二十日　第二刷